그리움 헤아리다

그리움 헤아리다

1판 1쇄 : 인쇄 2016년 06월 21일
1판 1쇄 : 발행 2016년 06월 24일

지은이 : 배종숙
펴낸이 : 서동영
펴낸곳 : 서영출판사

출판등록 : 2010년 11월 26일 제 (25100-2010-000011호)
주소 : 서울특별시 마포구 서교동 465-4, 광림빌딩 2층 201호
전화 : 02-338-7270 팩스 : 02-338-7161
이메일 : sdy5608@hanmail.net

그   림 : 박덕은
디자인 : 이원경

ⓒ2016배종숙 seo young printed in seoul korea
ISBN 978-89-97180-61-5 04810
ISBN 978-89-97180-00-4(set)

그리움 헤아리다

2016 · 서영

배종숙 시인의 제1시집 출간을 축하하며

　배종숙 시인의 닉네임은 '꿈곱하기백'이다. 닉네임처럼 그녀에게는 꿈이 많다. 아침부터 밤까지 꿈을 찾으러 다닌다. 아침 파트, 오후 파트, 저녁 파트를 나눠 뛴다. 지칠 줄 모르는 활화산 같은 발걸음은 봄 여름 가을 겨울 내내 달린다. 그만큼 활기차게 진취적이고 밝다. 게다가 마음이 따스하여 타인을 배려해 주고 감싸 주고 키워 주는 어머니 같은 심성이 많은 감동을 안겨 준다.

　한 번 시작한 일은 완성할 때까지 쭉 밀어붙이는 의지력, 틈만 나면 뛰어가 일손을 돕는 봉사 정신, 늘 밝고 환한 얼굴로 주위 사람들을 보듬어 주는 넉넉한 마음 등이 어여쁘기 그지없다. 멋스런 시인, 배종숙!

　배종숙 시인과 필자가 처음 만난 것은 '카카오스토리' 속에서였다. 자주 찾아오는 마음이 벌써 시와 그림을 사랑하고 있었다. 그 마음은 시 창작의 꿈들을 모아 모아 설렘의 곳간에 진열하고 있었다. 그 진열품들에 대해 몇 마디 조언해 주다가, 결국에는 본격적인 시 창작 지도를 맡게 되었다. 얼마 후에는 월간지 시 부문 신인문학상

수상으로 문단 데뷔를 하게 되었고, 그 후로 시조 부문 신인문학상, 그루비 문학상, 용아 박용철 전국 백일장 수상 등의 영예까지 안았다.

그녀의 창작 열정은 그 후로도 계속 이어져, 아프리카 tv "낭만대통령의 문학토크"의 주요 멤버로 활동하게 하였다. 그리하여, 200여 편의 작품들을 쏟아내게 하였다. 시의 봇물, 이 환상적인 창작 열정이 드디어 첫 시집으로 결실을 맺게 되었다. 행복한 성과다. 직장 생활을 하면서도, 시 창작의 열정, 이를 떠받쳐 주는 성실성의 선물, 참 귀하고 멋지다.

자, 그러면 배종숙 시인의 시 세계는 어떠한 모습으로 독자들에게 다가가고 있을까. 작품 속으로 직접 들어가 음미해 보기로 하자.

얼어 버린 그리움
녹이면
개구리 울음소리
들리려나.

- [경칩] 전문

이 시에서의 시적 화자는 그리움을 안고 살고 있다. 게다가 그 그리움이 얼어 버려 빛을 잃어가고 있다. 만

날 수 없는 세월이 이 그리움을 외롭게 하고 또 시들게
하고 있다. 어떻게든 그리움의 봄을 맞이하고 싶다.

어떻게 할까. 혹시 녹일 수는 없을까. 이미 얼어 버린
이 그리움, 얼어 버려 싹이 나지 않는 이 그리움, 다시 살
려내어 아름다운 사랑의 불꽃으로 키워낼 수는 없을까.

생각다 못해 시적 화자는 얼어 버린 그리움을 녹일 생
각을 한다. 그러면 개구리 울음소리 들리려나. 그리움
이 봄이 되어 녹게 되면, 개구리 울음소리도 들리고 님
의 발걸음 소리도 들리려나. 그렇게 된다면, 다시 봄동
산처럼 사랑의 동산에도 꽃이 피고 새가 울고 개구리도
울어댈 텐데, 다시 님과 함께 생동감 넘치는 계절을 보
낼 수 있을 텐데, 다시는 헤어짐이 없는 따스한 봄날 같
은 여생을 보낼 수 있을 텐데.

시적 화자의 애틋한 심경이 이 짧은 시 속에 융융한 감
성의 물줄기로 흐르고 있다. 이 시처럼, 분명 배종숙 시
인은 시의 특질, 시의 맛과 멋을 피부 깊숙이 터득하여
시의 들녘에 신비롭게 펼쳐 가고 있는 듯하다.

일찍이
낮은 목소리여야 했다

현실은

무신의 약속처럼 시들어 가고

스스로 돌아와 앉은
빈 들녘에

억새는
강물처럼 출렁이고 있었다

풀다 만
생각의 엉킨 실타래처럼

낙엽 되어 내리던
아련한 추억처럼

서럽도록 맑은 눈물도
더러는 한 생애
목 타는 그리움으로 남았다.

- [가을날의 순화] 전문

    이 시에서의 시적 화자는 스스로 돌아앉은 빈 들녘의
억새가 되어 강물처럼 출렁이고 있다. 현실은 시들어 가
고 있고, 생각의 실타래는 엉켜 있고, 아련한 추억은 낙

엽처럼 부숴져 내리고 있다.

　그때도 그랬다. 헤어질 때도 왜 낮은 목소리여야 했을까. 그때 큰소리라도 쳐볼 것을. 과거가 아스라이 멀어져 가고 있다. 서럽도록 맑은 눈물만 흘리고 있다. 그래도 어찌할 것인가. 더러는 한 생애라 말할 수 있는 것을. 이제 모든 걸 가라앉히고 체념의 세월 위에 한가로이 앉아 있다.

　그런데도 목 타는 그리움이 남는 건 왜일까. 왜 아직도 시적 화자는 그리움에 매달리고 있을까. 아직도 포기하지 못하는 것일까. 왜 그 지루한 기다림의 싸움을 놓아 버리지 못할까. 사랑일까. 퇴색된 그리움에도 사랑은 남아 있는 걸까. 그 약속은 아직도 유효한 것일까. 잊어 버린 것일까. 세상을 떠난 것일까. 왜 아직도 소식이 없는 것일까.

　이러한 복잡 미묘한 정서를 이 시는 함축하고 있다. 긴 사연을 아주 짧게 이미지 시로 담아내는 솜씨, 배종숙 시인의 손끝에서 이 아름다운 기법이 자리잡고 있다.

봄바람에
자목련 속살 내밀면
연분홍 꽃이파리
덩달아 바람났네

그 사이 못 참고 뛰쳐나와

떠나려 해도 떠날 수 없어

온 천지 살랑살랑 바람났네

화사한 개나리 방글방글

개천가 오리 궁둥이 뒤뚱뒤뚱

손에 손 잡고

오색찬란한 물결로 바람났네.

- [바람났네] 전문

　이 시에서의 시적 화자는 온 천지를 바람났다고 해석하고 있다. 자목련 속살 내밀도록 봄바람이 유혹하자, 연분홍 꽃이파리가 덩달아 바람났다. 그뿐만 아니라 온 천지가 살랑살랑 바람났다. 화사한 개나리도 방글방글 바람났고, 개천가 오리도 궁둥이 뒤뚱뒤뚱 바람났다. 그러고 보니 모두가 손에 손 잡고 오색찬란한 물결로 바람났다.

　다 바람났는데, 왜 시적 화자는 바람나지 못하고 저리 서 있기만 할까. 그 사이 못 참고 뛰쳐나왔건만, 떠나려 해도 떠날 수 없는 신세, 왜 이런 답답한 인생을 살아왔을까. 봄 식구들은 다 바람났는데, 마땅히 바람난 계절이건만, 왜 아직도 시적 화자는 바람난 세상만 바라볼

뿐, 내면을 다시 경건히 단속해야 하는가. 같이 바람나고 싶은데, 왜 다시 가슴을 움츠려야만 하는가.

　사랑하는 님은 왜 이 풋풋한 가슴을 이토록 막아서는가. 떠나려면 온전히 버리든가, 온전히 버렸으면 그리움을 깡그리 데려가든가, 그러지도 못했으면서 왜 바람나지도 못하게 하는가. 이 환장할 봄날에 왜 움츠리고 있게만 하는가.

　님이여, 오라, 이제라도 와라. 와서, 식지 않는 이 가슴에 열정의 불을 일으켜 봄바람에 바람나게 좀 해다오. 시적 화자의 외침이, 그 하소연이 봄바람 타고 너울너울 흘러가고 있다. 이러한 시 세계를 함축하고 있는 배종숙 시인의 시, 그 시적 형상화 솜씨에 감탄을 내보내지 않을 수 없다.

　오고 있나
　가고 있나

　그때
　그 자리

　그리움에 맴돌다
　봄향기 가득 물던 자리

살랑 살랑

옷자락 휘날리던 그 자리.

- [첫사랑] 전문

이 시에서의 시적 화자는 그때 그 자리가 그립다. 사
랑하는 사람과 오순도순 속엣말 얘기하고 다정다감하
게 대화 나누던 그때 그 자리가 정겹다. 다시 그때 그 자
리로 돌아가고 싶다. 그때 그 자리는 사랑하는 이의 따
스한 미소와 목소리가 있었고, 온화한 품이 있었다. 그
래서 삶의 의미가 모아지고 행복했다. 살랑살랑 옷자락
휘날리던 그 자리가 오늘따라 몹시 그립다. 그 후로 매
번 그때 그 자리에 가 보곤 하지만, 여전히 그리움만 맴
돌 뿐, 그리움이 맴돌다 사라질 뿐, 그 빈자리에 봄향기
만 가득 물고 있을 뿐.

같은 봄향기이지만, 예전의 그 봄향기와는 사뭇 다르
다. 사랑하는 님이랑 함께할 때의 봄향기는 평온하고도
고요하고 싱그러웠지만, 님과 헤어져 있어 그리움만 나
부끼는 그 자리의 봄향기는 왠지 서글프고 힘이 없고 쓸
쓸하기만 하다. 지금도 잘 모르겠다. 가고 있는지, 오고
있는지. 그리움의 거리가 가까워 오는지 멀어져 가는
지. 아직까지 소식은 없고, 깜깜한 미래만 다가서 있을
뿐. 단 한 번이라도 좋으니, 예전의 그리움이 함께하는

그때 그 자리에 섰으면 좋겠다.

　아, 그리운 님이여, 이 간절한 외침이 들리는가. 대답
해 주오.

　이러한 시적 화자의 목소리가 들리는 듯한 이 시를 쓴
배종숙 시인이 참 대견하다. 시인으로서의 길을 차근차
근 걸어가는 모습이 매우 귀하고 소중해 보인다.

　　안개 속 발걸음으로
　　가슴에 담아둔 추억 쌓아
　　봄단장 꽃무덤 위에
　　그리움 심는다

　　가까이 다가왔다
　　멀어지는 상흔
　　진한 향수에 아픔만
　　그렁그렁 삼키자

　　그 모습 되살아나
　　동백꽃보다 더 붉은
　　오열 쏟아낸다

　　돌고 도는 바람결

바위 같은 수심에 놓여
꽃핀 그날

처량한 이별 앞에
온몸 바스러진다.

- [슬픈 이야기] 전문

　이 시에서의 시적 화자는 꽃무덤 앞에 이른다. 안개 속으로 걸어가 가슴에 그동안 담아둔 추억들을 꺼내어 쌓아 놓은 그 꽃무덤은 봄이 왔건만 님이 없고 그리움만 남아 있다. 그래서 그리움을 홀로 심을 수밖에 없다.
　가까이 다가왔다 멀어지는 상흔, 진한 향수에 아픔만 남아 있어 아무리 둘러봐도 혼자다. 아무리 원망해 봐도 역시 혼자다. 아픔만 그렁그렁 삼켜야 하는 홀로 된 슬픔만 짓누른다. 이 모습이 되살아날수록 동백꽃보다 더 붉은 오열을 쏟아낸다. 왜 이리 아플까. 얼마나 짙은 사랑을 했기에 이토록 아픈 걸까. 돌고 도는 바람결에도, 바위 같은 수심에도 결코 놓을 수 없었던 사랑이었는데, 그 어려운 고비에도 꽃핀 사랑이었는데, 결국에는 처절한 이별을 맞이하더니, 이게 웬일이란 말인가.
　온몸 바스라지는 이 아픔, 이 슬픔, 이 운명, 어떻게 추스린단 말인가. 왜 인생이 이다지도 슬프단 말인가. 평

생 이 슬픈 이야기를 가슴에 묻고 살아가야 한단 말인가. 누구든 말 좀 해다오. 왜 침묵뿐인가. 어디다 하소연할 데도 없단 말인가. 가슴 답답하게, 마음 짓눌려 숨 한 번 제대로 쉴 수 없는 이 인생의 공간에서 여생을 어떻게 헤쳐 나가야 한단 말인가.

지독한 아픔, 처절한 슬픔, 견고한 고독의 세계를 시적 형상화 속에 잘 담아 놓고 있는 이 시, 시의 효용성을 독자의 가슴에 잘 전달하고 있는 이 시, 멋스럽다.

밥상머리에
지그시 눈감고
몸뚱이 올려놓으면

한 점 한 점
사뿐히
밥숟갈로 올라탄다

머리는 지애비에게
가슴살은 자식들에게
꼬리는 흔들 흔들 아낙에게
각각 바람 잡고 있다

청초한 꿈 아로새기며
소주 한 잔의 향에
그리움이 젖는다.

          - [고등어] 전문

이 시에서의 시적 화자는 고등어가 되어 추억 속으로 빨려든다. 잘 익은 고등어는 밥상머리에 지그시 눈감고 몸뚱이를 올려놓고 있다. 한 점 한 점 뜯긴 고등어 살점은 사람들의 밥숟갈로 올라탄다. 할 일이 있다는 듯이. 경건한 희생 재물이 되려는 듯이. 머리는 지애비의 숟갈 위로, 가슴살은 자식들의 숟갈 위로, 꼬리는 아낙네의 숟갈 위로 각각 올라탄다. 청초한 꿈을 아로새기며 소주 한 잔의 향에 그리움에 젖으며, 마지막 삶을 마감한다.

제 몸 송두리째 인간에게 바쳐지면서도 여유로움을 잃지 않는 고등어, 마치 희생을 통해 승화되는 깨달음 같다. 무엇이 이처럼 숭고한 죽음으로 이끌었을까. 초월일까. 자포자기일까. 변신일까. 아니면 반항일까. 그 어떤 이유로도 고등어 죽음은 정당화될 수 없다. 희생은 희생이니까.

왜 한 동물이 다른 동물의 먹거리가 되어야 할까. 동물이 동물을 먹는 지구상의 오랜 관행을 깨뜨릴 수는 없을까. 동물의 먹거리를 식물로만 대체할 수는 없을까.

배종숙 시인의 제1시집 출간을 축하하며 ■

아무튼 고등어는 인간의 밥상 먹거리로 최후를 마친다.
왜 이토록 기꺼이 희생이 되었을까.

어쩌면 시적 화자의 희생적 삶이 고등어라는 객관적
상관물로 투영되지는 않았을까. 식구들을 위해 온몸을
다 바쳐 헌신해야 하는 여성으로서의 삶, 한 어머니로서
의 삶을 되돌아보는 공간을 마련하고자 한 건 아닐까.
이처럼 배종숙 시인의 시 소재는 무한한 듯하다.

쉰 밤 없이 돌아라
쉰 낮 없이 돌아라

옭아매는 날실에
사뿐 사뿐 날아든 시 한 송이

꼭지마리 친친 휘감아
입김에 순결 싣고

비단옷이 그립거들랑
하얀 밤을 돌아라.

- [물레야] 전문

이 시에서의 시적 화자는 밤낮 없이 돌고 있다. 물레

가 되어 밤도 낮도 구분하지 않고 돌고 있다. 옭아매는 날실에 사뿐 사뿐 시 한 송이 날아든다. 꼭지마리 친친 휘감아 입김에 순결 싣고서 돈다. 비단옷 그리울 때마다 하얀 밤을 돈다.

물레를 통해 시적 화자의 내면을 그림으로 그려내고 있다. 시적 화자는 아직까지 순결을 지키고 있는 듯하다. 간혹 시를 쓰며 그리움을 토해내고 있다. 님을 만나기 위해서 시적 화자는 물레처럼 쉴 새 없이 돌고 또 돈다. 비단옷을 짜야 한다. 그래야 님을 만날 수 있다. 하루라도 더 빨리 보기 위해, 하루라도 더 빨리 님의 품에 안기려면, 밤낮을 가리지 않고 비단을 짜야 한다.

시를 쓰듯, 물레를 돌리듯, 님을 그리워하는 마음을 순결하게 간직하며, 님을 위해, 님만을 위한 물레를 돌리고 있다. 그 모습이 참 애틋하고 애절하다. 지독한 사랑, 헌신적인 사랑, 지순한 사랑이 느껴진다. 시인의 평소 시 쓰기에 대한 열정이 이 시 속에 고스란히 묻어나 있다.

품안에 소롯이 맺힌 사랑가
갓 태어난 연둣빛 길 잃을까
허리춤에 매달고 써 내려간 연서

배종숙 시인의 제1시집 출간을 축하하며 ■

시린 코끝에 머무는
그리움의 애틋한 길목에서
겨우내 아픔을 참고 참아

춘풍에 입맞춤하며
수놓는다
된서리에 떨림 있는 날에도

보일 듯 말 듯 설렘의 가슴밭은
여전히 타오른다
움트는 속살 여닫고 있는 날에도.

- [꽃잎] 전문

이 시에서의 시적 화자는 연서를 쓰고 있다. 품안에
오래도록 담겨 오다 소롯이 맺힌 사랑가, 갓 태어난 연
둣빛 길 잃을까 봐 조심조심 허리춤에 매달고서 사랑의
편지를 써 내려가고 있다.

쉽게 만날 수 없어 아린 가슴은 시린 코끝에 머무는 그
리움과 함께 애틋한 길목에 서 있다. 겨우내 아픔을 참
고 참으면서. 그 아픔이 지독할 만큼 깊숙이 밀려온다.
그럴 때마다 두 손발이 시리고 마음과 가슴이 아리고 허
리가 시큰거린다. 그런데도 굴하지 않고 춘풍에 입맞춤

하며 수놓는다. 된서리에 떨림이 있는 날에도 희망의 끈을 놓지 않는다.

현실은 어둡지만, 시련은 지속되고 있지만, 만남의 기회는 막연하기만 하지만, 보일 듯 말 듯 설렘의 가슴밭은 여전히 타오르고 있다. 움트는 속살 여닫고 있는 날에도 포기는 없다. 죽는 날까지 손놓고 절망에 잠겨 있지는 않을 것이다. 이게 사랑이니까. 이게 그리움의 본질이니까. 좌절 속에는 사랑의 향기가 남아 있질 않으니까.

진정한 사랑의 길을 가는 시적 화자의 내면을 관찰하고 해석하여 이처럼 시적 형상화를 함으로써 시의 특질에 대해 보다 선명히 입증해 주고 있다. 구상(품안, 연둣빛, 허리춤, 시린 코끝, 아픔, 춘풍, 된서리, 움트는 속살)과 추상(사랑가, 연서, 그리움의 애틋한 길목, 설렘의 가슴밭)의 적절한 조화로움도 이에 기여하고 있다.

눈 오는 밤길 위
아롱진 여울목에서

빛바라기 휘날리며
발자국 소리 남긴다

뒤안길 돌고 돌아
눈물 속에서 하염없이

나는
누구인가

무엇이 나를 끌어안고
무엇이 떠밀어 버리는가

봄밤에
눈시울 쥐어짠다

쏟아지는 눈물 머금고
까아만 하늘을 바라보며

들릴락 말락
눈송이들이 마음속에 끼어든다

겉돌지 말고
바른길로 돌아서 가라고

꿋꿋이 나아가라고

용기 잃지 말고 살아가라고.

- [늦은 귀갓길에] 전문

이 시에서의 시적 화자는 눈 오는 밤길을 돌아오고 있다. 빛바라기 휘날리고 발자국 소리 남기며 뒤안길을 돌고 돌아 걸어가고 있다. 눈물을 흘리며 자신이 누구인지를 수없이 물어 보며, 무엇이 자신을 끌어안고 무엇이 떠밀어 버리는가를 물어 보며. 봄밤인데도 눈시울이 젖고 눈물이 쏟아진다. 까만 하늘을 바라보지만 허허로운 마음은 달랠 수 없고, 오히려 눈송이들만 마음속에 들릴락 말락 끼어들 뿐이다. 겉돌고 있는 인생, 그래서 헛길로 발 디딜지도 모르는 시적 화자에게 바른길로 돌아서 가라고 눈송이들은 소리친다. 꿋꿋이 나아가라고, 용기 잃지 말고 살아가라고 충고한다.

이 귀한 충고를 들으면서도 시적 화자는 여전히 마음이 무겁다. 늦은 귀갓길인데도 반겨줄 이가 없는 거처는 여전히 삭막할 뿐이다. 그 어떤 희생을 감수하고서라도 사랑하는 이와 함께하고 싶다. 사랑의 소중함, 사랑과의 동거가 얼마나 아름다운지를 이 시는 여실히 보여 주고 있다.

이 길이냐
저 길이냐
길에게 물었다
뒤돌아보지 말고 가란다

하늘거리는
이파리에게 물었다
이마 다독이며 마음속의
길을 걸어가란다

길가에 아롱다롱 유혹하는 꽃들에게 물었다
벌어진 꽃잎 사이에서
향주머니 내밀며
메마르지 말고 향기 따라 가란다

갈 길이 바쁜 바람이
나를 힐끗 쳐다본다
바람 등을 잡고
바람 소리 듣고 싶다고 하자
내 가슴의 두 귀를 잡고
속삭이듯 살랑살랑 말한다

굳이 가야 할 먼 길이 있다면
돌고 돌아 느긋이 가란다.

- [두 갈래길에서] 전문

이 시에서의 시적 화자는 길에게 묻는다. 이 길이냐, 저 길이냐. 이때 길은 뒤돌아보지 말고 가라고 한다. 이번에는 이파리에게 묻는다. 그랬더니, 이마 다독이며 마음속의 길을 걸어가라고 한다. 이번에는 길가에 아롱다롱 유혹하는 꽃들에게 묻는다. 꽃들은 벌어진 꽃잎 사이로 향주머니를 내밀며 한마디한다. 메마르지 말고 향기 따라 가라고. 그때 갈 길이 바쁜 바람이 힐끗 쳐다본다. 시적 화자는 소리친다. 바람의 등을 잡고 바람 소리 듣고 싶다고. 이때 바람은 가슴의 두 귀를 잡고 속삭이듯 살랑살랑 말해 준다. 굳이 가야 할 먼 길이 있다면 돌고 돌아 느긋이 가라고.

깊은 철학이 느껴지는 말들이 시 속에 자리잡고 있다. 이들이 말하는 마음속의 길은 무얼까. 메마르지 말고 향기 따라 가라는 건 또 무얼 의미하는 걸까. 굳이 가야 할 먼 길이 있다면 돌고 돌아 느긋이 가라는 뜻은 또 무얼까. 어쩌면 이 모든 게 다 사랑의 길일 수 있지 않을까.

결국 사랑은 마음속의 길을 가는 것, 세파가 아무리 거세고 험난해도, 그것들은 그냥 장식일 뿐. 사랑이 가는 길은 마음속의 길이다. 그 길은 향기 따라 가야 한다. 향기 없는 사랑은 가치 없는 사랑일 테니까. 또한 사랑의 길은 먼 길이다. 그러니 돌고 돌아 느긋이 가야 한다. 서둘러 갈 수 있는 길이 아니다. 절벽에 난 외길처럼 천천히 돌고 돌아 차근차근 걸어가야 한다.

　사랑의 길은 좁다란 길, 협곡의 길, 외진 길이라서, 서둘러 간다고 해서 사랑의 완성을 빨리 만나지 못한다. 인생 전체가 사랑의 길이다. 그러니, 되도록 천천히 음미하면서 가야 한다. 이 깊은 세계관을 배종숙 시인은 시를 통해 강조하고자 한 건 아닐까.

　지금까지 우리는 배종숙 시인의 시 세계를 탐색해 보았다. 우선 정선된 시어로 짜여진 절제미가 단연 돋보이는 시들을 만날 수 있었다. 평이한 시어들인데도, 낯설게 하기의 기법을 통해 매번 다채로운 시 소재를 깔아 놓고 그 위에 이미지 구현과 상징의 고리를 구축해 놓고 있다. 그리하여 시적 화자의 내면을 시적 형상화의 터널로 장식해 놓고 있다. 서두르지 않고 차근차근 시의 특질을 구비해 나가는 솜씨가 일품이다.

　이제 배종숙 시인은 그 어떤 일상의 소재도 자유로이 시적 형상화 할 수 있는 능력을 갖추고 있는 듯하다. 이런 흐름으로 나아간다면, 제2, 제3시집뿐만 아니라 제11시집, 나아가 시선집에도 무난히 도전하리라 여겨진다.

그때가 되면, 이 첫 시집이 나오던 때를 뒤돌아보며 새삼 감회에 촉촉이 젖게 될 것이다.

몇 번을 다시 읽어 봐도, 배종숙 시인의 시들은 친근하게 다가온다. 이 싱그럽고 아름다운 봄날에 이런 향기로운 시들을 만날 수 있어 행복하다. 부디 오래도록 시의 멋스런 동산에서 사랑받는 시인으로 남아 주기를 바란다. 그리하여 후회하지 않는 인생의 탑을 구축하기를 소망해 본다.

- 박덕은 문학관의 화단에 꽃씨들을 뿌려 놓고 높푸른 하늘을 쳐다보며
한실 문예창작 지도 교수 박덕은
(문학박사, 문학평론가, 시인, 소설가, 동화작가, 희곡작가, 화가, 사진작가)

배종숙 시인의 제1시집 출간을 축하하며 ■

작가의 말

싱그런 햇살결이 좋은 날에 길 위에서 졸고 있는 풀꽃의 머리 위로 감성의 날개 달고 나풀거려 봅니다.

잠시 쉬고 있는 시밭은 나의 마음밭으로 생물 무생물을 늘 생각 속으로 끌어들여 우울한 나날이나 슬픈 날이나 기쁜 날에도 친구처럼 대화하며 연필 하나로 끄적여 온 글이 하나의 시집으로 이어지기까지 오래 걸렸습니다.

이 시간 살랑거리는 바람결에 실그네 타고 두둥실 날아오릅니다.

작은 밀알이 새순으로 돋아나 반듯이 자랄 수 있도록 아낌없이 온정을 베풀어 힘과 용기를 주시고 시에 그림까지 그려 넣어 품격 높게 꾸며 주신 한실 문예창작 지도 교수 박덕은 박사님께 고마움을 바칩니다. 더불어 서영출판사 서동영 대표님, 그리고 한실 문예창작 문우님들의 힘찬 응원에 감사를 드립니다.

저의 부족한 글이나마 아낌없이 박수 보내주신 오은문학사 회원님들, 울산 고래문학회 회원님들, 사단법인 울산 바르게살기운동 회원님들, 저의 지인 여러분께도 깊은 애정을 드립니다. 부디 이 시집 속의

시들이 독자의 품속에 고이 간직되길 바라며, 시 창
작을 하며 살아가는 모든 이들에게 큰절 올립니다.
　고맙습니다, 사랑합니다.

2016년 6월

꽃향의 낭만자락까지도 흐드러지는 초여름에

시인 배종숙

배 종 숙

박덕은

동해의 푸른 의미가
탯자리에 깔려

진작부터
들녘의 합창은 예고되었다

슬픔의 바람은
아예 불지 못했다

성실한 손길과
열정의 눈길에 휩싸여

키 작은 생채기마저
출입할 수조차 없었다

어느 날 찾아온
시심의 폭풍

쉴 새 없이 운명의
언덕을 휘감고 돌며

향긋한 봄향을
흩뿌려 놓았다

그때부터 날마다
쏟아지는 눈부심

가슴속 깊이
파고드는 신비로움

파도치는 감동의
나날 위에 수놓고 있다

환희의 날갯짓을
푸르른 미래 위에 퍼득이며.

차 례

1장— **바람났네**

2장 — 얼음새꽃

3장 — 그리움이었나 봐

그리움 헤아리다

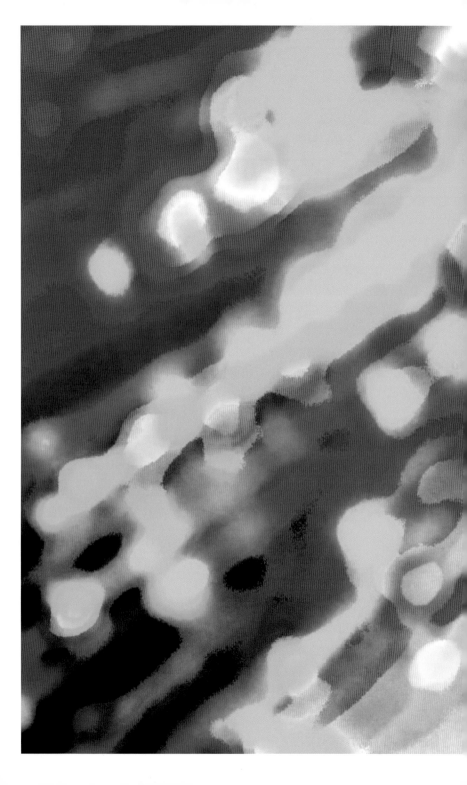

제1장 바람났네

박덕은 作 [환희](2016

가을날의 순화

일찍이
낮은 목소리여야 했다

현실은
무신의 약속처럼 시들어 가고

스스로 돌아와 앉은
빈 들녘에

억새는
강물처럼 출렁이고 있었다

풀다 만
생각의 엉킨 실타래처럼

낙엽 되어 내리던
아련한 추억처럼

서럽도록 맑은 눈물도
더러는 한 생애
목 타는 그리움으로 남았다.

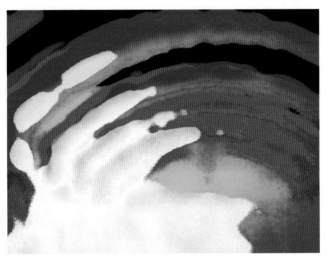

박덕은 作 [가을날의 순화](2016)

오늘만은

비극은
덩어리째 포장하여
꿈틀거리지 못하게
장롱 속에 깊숙이 넣어두고

희극은 곱게 싸서
마알간 내 가슴속에
용틀임하는 심장과 같이 담아

자유롭고
꿈이 있는
세상 속으로

훨 훨 훨
빛이 되어
솟아오르리.

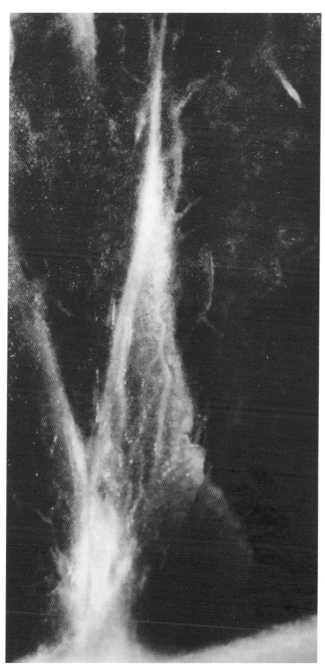

박덕은 作 [오늘만은](2016)

할미꽃

우중충한 나날도
화창한 봄날도
가슴 아픈 사연들
내면에 펼쳐

등 구부려
긴 세월 뼛속으로 삼키고
한바탕 쓸고 간 자리
나지막이 그리움꽃만 피웠네.

박덕은 作 [할미꽃](2016)

벚꽃

팔랑 팔랑 다가와
하늘빛 곱게 물더니
향기 타고 뛰노네.

박덕은 作 [벚꽃](2016)

상흔

님은 떠나가도
계곡물 잔잔히 흘러들고

돌멩이 구르는 발밑에도
애절한 꽃 한 송이 피우네

사그락거리는 밤바람 함께 울어도
멀어져 간 기억 속으로 파고들고

고요하고 오묘한 그리움 되어
들려오는 버들피리 소리
귓가에 맴도네.

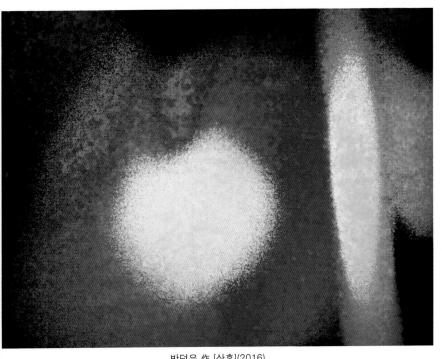

박덕은 作 [상흔](2016)

아버지

수양버들에 바람 휘몰아치니
서글픔이 애간장 녹이네

옛 고향 언덕배기
눈물겨운 사별

발자욱마다 채우고
그리움 엮어 가슴 울먹이다

효도 한번 못해
못다 한 정

눈시울에 맺히는
촉촉한 보고픔

꽃자리 서러워
봄하늘 떠간다.

박덕은 作 [아버지](2016)

버스 정류장

정겨운 사연도
분주한 발걸음도
골 깊은 생각도
흘러드는 곳

검은 봉다리에
애정 듬뿍 담아
배시시 웃음 짓는 곳

살랑거리는 바람이
기다림의 옷고름
살며시 여는 곳

소박한 가슴으로
빛살 건져 올려
설렘이 출렁이는 곳

벤치 옆 작은 꽃잎새도
누굴 기다리는지
줄을 서고 있는 곳.

박덕은 作 [버스 정류장](2016)

바람났네

봄바람에
자목련 속살 내밀면
연분홍 꽃이파리
덩달아 바람났네

그 사이 못 참고 뛰쳐나와
떠나려 해도 떠날 수 없어
온 천지 살랑살랑 바람났네

화사한 개나리 방글방글
개천가 오리 궁둥이 뒤뚱뒤뚱
손에 손 잡고
오색찬란한 물결로 바람났네.

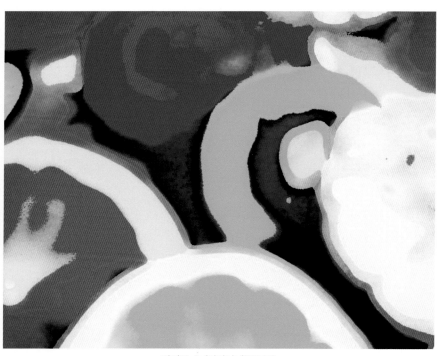

박덕은 作 [바람났네](2016)

첫사랑

오고 있나
가고 있나

그때
그 자리

그리움에 맴돌다
봄향기 가득 물던 자리

살랑 살랑
옷자락 휘날리던 그 자리.

박덕은 作 [첫사랑](2016)

철쭉

봉긋 솟아오른
꽃봉오리
속살 여민 채

해종일
똬리 틀고 안아
얼빛 마주보며

벌겋게
취해 버린
무녀.

박덕은 作 [무녀](2016)

민들레

한 서린 둘레만큼 가슴에 쌓여지고
그리움 치마폭에 근근이 매어 달려
눈물샘 꽃비 부는 날 혼불 하나 피우네.

박덕은 作 [민들레](2016)

편지

이른 새벽 안개비에
뜨락 밟고 선
그리움의 향기

목메인 바람
깊은 곳에 들어와
피어나는 연민

마음의 연못에
하염없이 뿌리내려
꽃피우는 보고픔

모두 사르르 피어올라
가까이서 멀리서
애틋이 가슴 휘빈다.

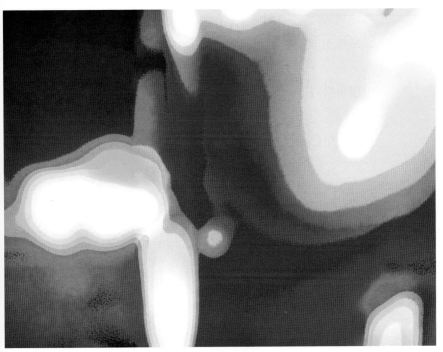

박덕은 作 [편지](2016)

팽이

멈출 줄 모르고
뽐내며
오도방정

딴짓하다가
딱 걸려
매맞는다.

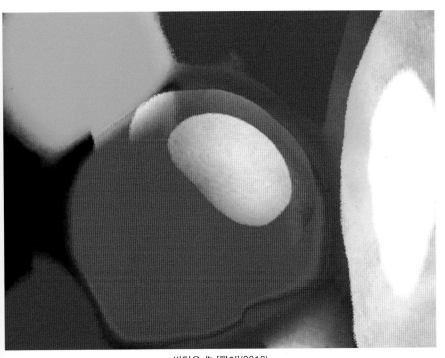

박덕은 作 [팽이](2016)

슬픈 이야기

안개 속 발걸음으로
가슴에 담아둔 추억 쌓아
봄단장 꽃무덤 위에
그리움 심는다

가까이 다가왔다
멀어지는 상흔
진한 향수에 아픔만
그렁그렁 삼키자

그 모습 되살아나
동백꽃보다 더 붉은
오열 쏟아낸다

돌고 도는 바람결
바위 같은 수심에 놓여
꽃핀 그날

처량한 이별 앞에
온몸 바스러진다.

박덕은 作 [슬픈 이야기](2016)

꽃차 · 1

유혹의 눈망울로
봄을 꺾어
물위에 띄웠더니

웃자라난 그윽한 그리움
나비인 양
훨훨 날아올라

꽃이 핀
꿈의 언덕마다
함초롬히 그대 생각 펼치네.

박덕은 作 [꽃차 · 1](2016)

꽃차 · 2

살포시 넘나드는
찻잔의 꽃내음

이 자리에 살랑 살랑
저 자리에 몽글 몽글

가슴 붙들어 맨 채
그리움 훔치고 있네.

박덕은 作 [꽃차 · 2](2016)

경칩

얼어 버린 그리움
녹이면
개구리 울음소리
들리려나.

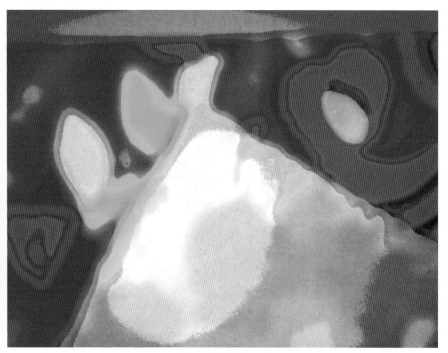

박덕은 作 [경칩](2016)

봄

촉촉한 달빛처럼
찬 새벽도 마다하지 않고
선선히 따라 걷는
나는 너처럼 너는 나처럼.

박덕은 作 [봄](2016)

중년

봇짐 동여매
함박웃음으로 다가오는
기차에 몸을 맡긴다

물씬 물씬 흙내음
씨 뿌리듯 휘리릭 날리며
산그림자로 흩어진다

밭고랑에 세모 네모 벗 되어
품어 주는 강원 산골에 멈추면
옥수수 수염만큼이나 솟대 높은
저 싸릿대 마중나온다

눈길 가는 곳마다
배시시 웃어 주는 그리움도
추억 속에 꽁꽁 엮는다

오두막집 굴뚝에서
살그랑 춤추는 수채화가
피어오르고

덜커덩 세우는 열차 바퀴
수많은 인연의 향기가
눈길과 코끝을 간지럽힌다

갈수록 진하게 풍겨오는 여운이
어머니의 포근한 미소 되어
오늘도 달린다.

박덕은 作 [중년](2016)

바다

봄비 내리는 날
발자국이
어디서 어디로 가고 있는지

콩 볶듯 튀기는
멍자국에
달려드는 파도처럼

소복한 아낙네들은
토하듯
이팝꽃 뙈리를 튼다

만가도 없이 사라지며
뒷모습만
눈물로 닦는 노을처럼.

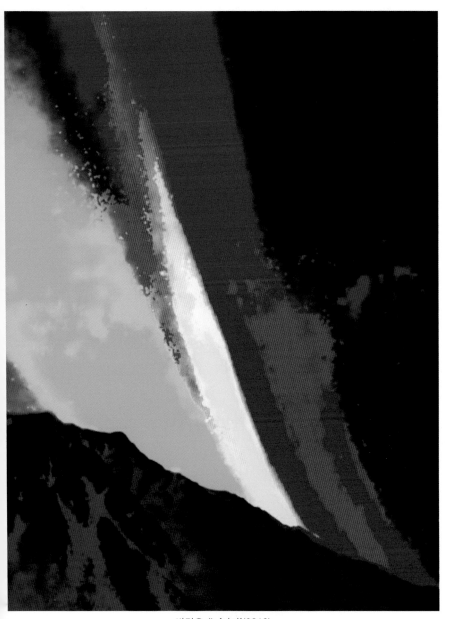

박덕은 作 [바다](2016)

자화상

조용히 아픈 곳
매만지는 손처럼

비바람 속에서도
때가 되면 의연하게
피고 지는 꽃처럼

곱게 나이들어
여지껏 살아온 나날보다
더 깊이 있는 세월에서 거닐고

끝없이 꽃향기 머무는
마음밭의 약초로 거듭 피어나고 싶다.

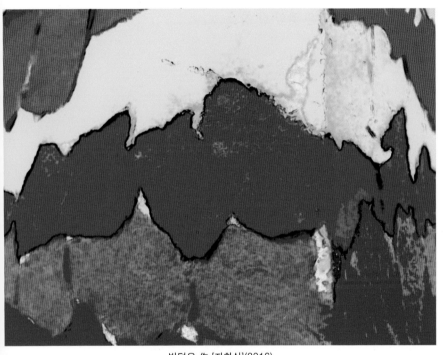

박덕은 作 [자화상](2016)

연가

차창 밖 눈길에
미소 머금은 꽃잎 한 장

가물 가물 멀어져
풍겨 오는 그 향기

보고 또 보아도
보고픔 가시지 않고

뒤돌아보는 모습
바라만 봐도 눈시울 핑그르르

가득 채운 낭만
목 축임으로 가다듬고

돌아올 재회 기약하는
마음속에 멍울진 그리움

방울방울
가슴에 포개어 안고

꿋꿋이
하늘 향해 오르네.

박덕은 作 [연가](2016)

초롱꽃

휘날리는 감성
나래 펴고
하르르 날아드니

수줍은 듯
바람이 달려와
속삭여 주네

설레임의 자리
멍울진 가슴마다
소롯이 반겨

가냘픈 시름에
등불 되어
길 밝히네.

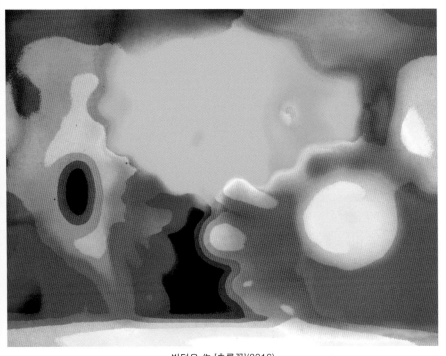

박덕은 作 [초롱꽃](2016)

고등어

밥상머리에
지그시 눈감고
몸뚱이 올려놓으면

한 점 한 점
사뿐히
밥숟갈로 올라탄다

머리는 지애비에게
가슴살은 자식들에게
꼬리는 흔들 흔들 아낙에게
각각 바람 잡고 있다

청초한 꿈 아로새기며
소주 한 잔의 향에
그리움이 젖는다.

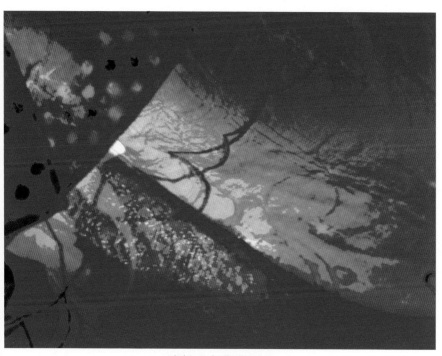

박덕은 作 [고등어](2016)

옹아리

확 트인 창가
주고받는 웃음소리에

발꿈치 들고
덩달아 헤실 헤실

무릎 위에 올려놓고
보고 또 보아도

너라서 좋아라
마냥 좋아라

조금씩 커 가는
천상의 목소리
어부바 어부바

지나던 꽃샘바람도
꽃가마 타고
어부바 어부바.

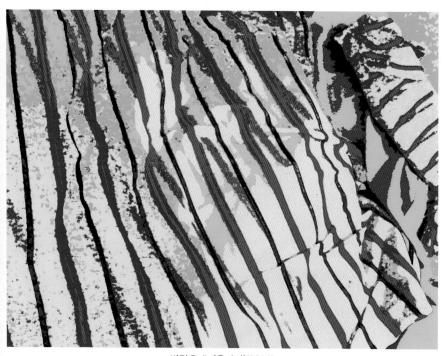

박덕은 作 [옹아리](2016)

제2장 얼음새꽃

박덕은 作 [기억](2016)

물레야

쉴 밤 없이 돌아라
쉴 낮 없이 돌아라

옭아매는 날실에
사뿐 사뿐 날아든 시 한 송이

꼭지마리 친친 휘감아
입김에 순결 싣고

비단옷이 그립거들랑
하얀 밤을 돌아라.

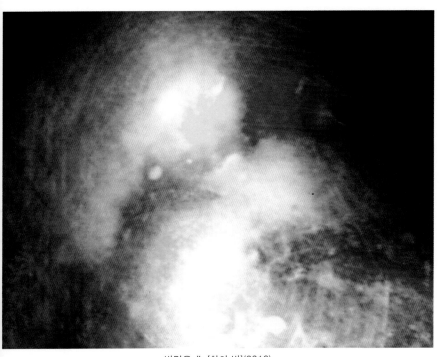

박덕은 作 [하얀 밤](2016)

자목련

향기 소롯이
헤쳐 나온
자줏빛 살결

만리 동풍 꽃샘추위에
이리 저리 흔들리며
얼어 버린 모습 애틋하네

푸른 하늘 햇살에
새벽잠 설치며
철 지난 후라도 수줍은 듯

흩어지는 시간 부둥켜 안고
숨결 불어넣어
미소 지으리.

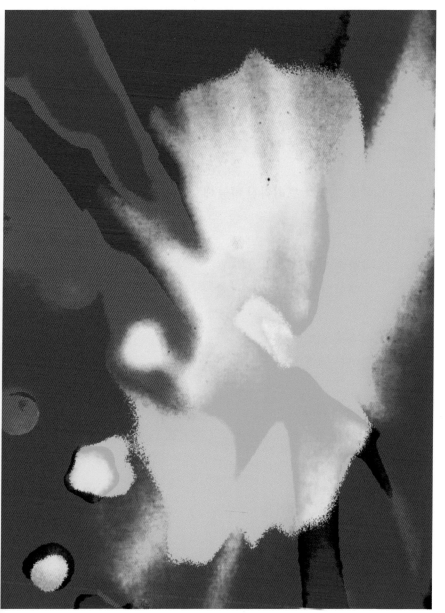

박덕은 作 [자목련](2016)

그리움 · 1

뒤돌아보다
바람 따라 머문 빈 가슴

달빛 그림자 드리워진 하늘에
속울음 대롱대롱

바람은 말없이 지나가는데
애틋함의 긴 여운 한 올

설렘의 희미한 잔재
담아둔 보푸라기

어찌할 거나
어찌할 거나

닻을 내리고
팔랑거리는 낙엽은
저리 메아리처 흩날리는데.

박덕은 作 [그리움 · 1](2016)

그리움 · 2

아지랑이 차르르르
언덕 위 홀로 앉아
못 견디게 외로워도
되살아나는

입술 깨물며
눈가에 눈물이
그렁 그렁 맺혀
살그랑 살그랑 숨어드는

햇살이 서쪽으로
기울 때까지
그 자리 떠나지 못하면서
손사래 치는.

박덕은 作 [그리움 · 2](2016)

태화강

살그랑거리는 바람편에
눈웃음 살포시 띄웠더니
봉긋이 움튼 연둣빛
가슴 설레게 하네

볼살 내민
걸음 걸음마다 놓고 간
정든 체취
눈망울 적시네

유유히 흐르는
노을은
하나 둘 불 밝혀
그리움 더해 가고

수줍은 듯 고개 든 쑥은
잔잔한 감동에
촉촉이 젖어들고

물결은 꿈틀거려
코끝에 스미는
하늘에 맞닿아 너울댄다.

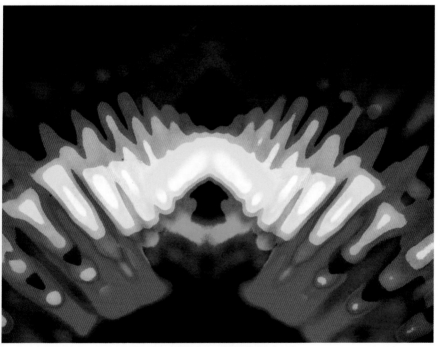

박덕은 作 [태화강](2016)

꽃잎

품안에 소롯이 맺힌 사랑가
갓 태어난 연둣빛 길 잃을까
허리춤에 매달고 써 내려간 연서

시린 코끝에 머무는
그리움의 애틋한 길목에서
겨우내 아픔을 참고 참아

춘풍에 입맞춤하며
수놓는다
된서리에 떨림 있는 날에도

보일 듯 말 듯 설렘의 가슴밭은
여전히 타오른다
움트는 속살 여닫고 있는 날에도.

■ 그리움 헤아리다

박덕은 作 [꽃잎](2016)

봄 마중

옹알이하는 대지에
나풀나풀 내려앉는 눈송이
가슴 조이며 바람결에
사르르 사르르

아릿한 가슴 한편에서는
님이랑 거닐던 발자욱마다
추억의 속살 걸어 두고
사붓 사붓

보고픔의 길
맨발로 달려나온
개나리 연등은
설렘 가득히
초롱 초롱.

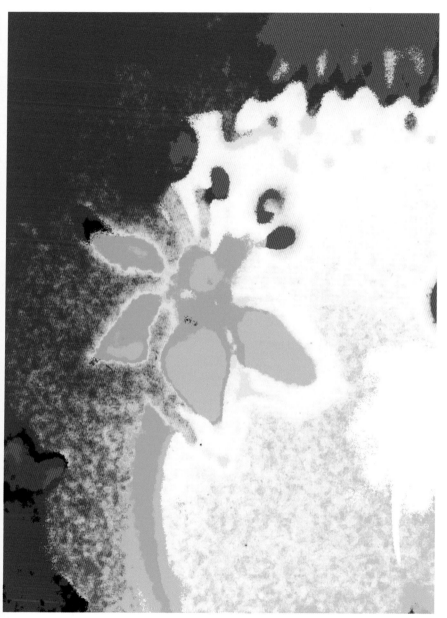

박덕은 作 [봄 마중](2016)

몽돌

햇살이 또그르르 품안에 들면
올망졸망 눈망울들이
달그락 달그락 들썩인다

그만큼 그리움은
모래성의 높이로 불어나고

은빛 물결은 싸그랑 일렁이다
헝클어진 채 꿈꾸는 듯
담금질하며
서로 가슴 맞대고 있다

세월의 마디 마디는
곰삭아진 몸뚱아리에
조각난 추억들을 담고

눈물로 고백한
애잔함들은
방울방울 뒹굴고 있다.

박덕은 作 [몽돌](2016)

얼음새꽃

밤서리 찬바람
몸이 저려도
배실배실 웃음으로
새날 여는 꽃

바람의 서곡
살그랑 살그랑
간지럼 태우며
가슴 열어 반기는 꽃

겨우내 쌓아 둔
하얀 기다림
우짖는 소리에
살포시 얼굴 내민 꽃.

박덕은 作 [얼음새꽃](2016)

장미

순결한 빈자리
수반에
열정의 한 묶음

손길마다
들뜬
그리움 담고

세월 앞에
서 있는
립스틱보다 진한 당신

동면에서 깨어나
뽐내지 않아도
달콤한 유혹의 소리.

박덕은 作 [장미](2016)

참새

바람 따라 흔들리는
나뭇가지 위에서
시소 타고 있다
푸르륵 푸르륵

오빤 동백나무에
나는 감나무에 앉아
시소 타고 있다
푸르륵 푸르륵.

박덕은 作 [참새](2016)

민들레 홀씨

우리
어디로 날아갈까

짧은 시간에도
해와 달이 되어서

꿈 이루는
씨앗이고 싶어요.

그리움 헤아리다

박덕은 作 [민들레 홀씨](2016)

저 멀리

안개 속 발걸음은
떨어지는 추억을 주워 주머니에 담고
아픔 앞에 서 있는 그리움을 마신다

때론 가까이 다가갈 것 같은
애잔하고 시린 사랑을 눈 속에 담고

살풋한 정 독백으로 토하며
진한 향수를 삼킨다

어디론지 가고 넘나드는
바람이 너무 서러워
바위 같은 수심에 젖는다

마주했던 님
다른 하늘에 보내고 돌아서는
소용돌이치는 바람 부는 날

그저
허공만 바라본다
그 자태 움직임 없어
눈망울엔 눈물만 가득.

박덕은 作 [저 멀리](2016)

어머니 · 1

하늘 공원
바람과 구름만이 비켜가는 그곳으로
님은 떠났습니다

뜨거운 성품과
눈웃음만 남겨둔 채
추억을 뒤집어 놓고서

서른 해 빈 공간에
봄은 마음으로 돌아나
소풍 간 그 공원으로

사랑으로
슬픔을 구름 속에 감추고
달빛 드리우면 그리워 울면서

새벽잠 설쳐대면
보고픔에 지쳐 삭히고 다지고
소리 없이 펑펑 울며

■■ 그리움 헤아리다

도란 도란 솟아오르는
아지랑이
입김으로 그리며

날마다
울음을 삼켜 버린
목마가 되어.

박덕은 作 [어머니 · 1](2016)

어머니 · 2

그리움에 머물다
떠오르는 그 모습
바싹바싹 달덩이 같은
보고픔이 된다

그리움에 파묻혀
일렁이는 회오리바람도
은빛 물방울 불러 모아
눈가엔 살그랑
고운 눈물 맺힌다

봄 여름 가을 겨울 왔다 가도
사무치는 가슴
눈 감으나 뜨나
멍울 터진 가슴에
사연만 남는다
맑은 영혼의 숨결처럼.

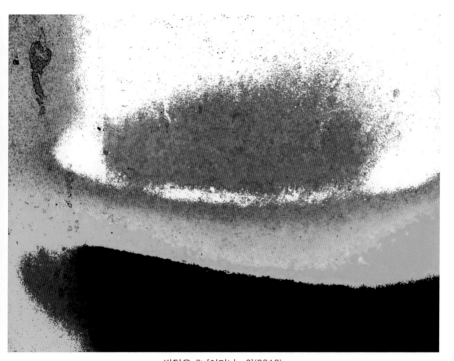

박덕은 作 [어머니 · 2](2016)

봄 길목에 서면

살랑 살랑
지저귀는
언덕배기의 비바람

겨우내
나목의 허리에
소롯이 돋아나 몸부림치면

만개할 그날
설렘 가득 채우고 맴돌다
가슴 깊이 울려 퍼지는 시향

삼월의 선머슴 되어
벌떼 같이 윙윙거리며
여정을 깨우고 있다.

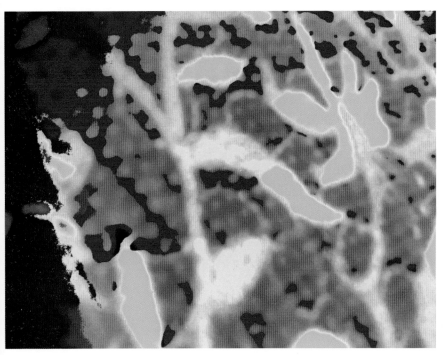

박덕은 作 [봄 길목에 서면](2016)

입춘

사르르락
터질 듯 영글더니
어느새 몽실 몽실
새하얗게 기다림에 답하네

떠올린 보고픔
그리워 그리워서
소롯이 내민 손
부끄러워 부끄러워서

휘감은 추억 속에
솟아올라 봉긋한 그 자태
청아한 꿈 싣고
분홍빛 연서 펼치네.

박덕은 作 [입춘](2016)

겨울 단상

뒷짐 진 모진 바람
처마끝 고드름 옆구리
스치는 날

알쏭달쏭 사연들
차운 입김에
이리저리 뒹굴고

버스 정류장 벤치에
걸터앉은 설렘은
연신 깜박거린다.

그리움 헤아리다

박덕은 作 [겨울 단상](2016)

걸음마

아장 아장
걷다가

아장 아장
쉬었다가

아장 아장
넘어졌다가

아장 아장
웃는다.

박덕은 作 [아장 아장](2016)

저녁노을

서녘 핑크빛이
길게 줄을 서며
고개 숙인다

가슴에 쌓아둔 행복
점점 자라나
눈물꽃에 빠져들고

바람결에 살포시
내려앉은 가랑잎
다붓이 일어나 걸어간다.

박덕은 作 [저녁 노을](2016)

애수

팔랑팔랑 흩날리는
가로수에
진종일 비가 내린다

오고가는 힘찬 몸짓
자르르
내일을 걷는 소리

파고든 교차로
텅 빈 가슴
그 무엇으로 채우고 비울까

오르다 떨어지는 아픔들이
한 장 한 장
길바닥에 누워 있다

쓰라린 외로움만 물컹물컹
길손 되어
서서히 자리잡고 서 있다.

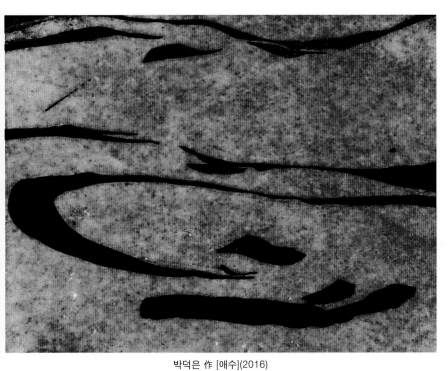

박덕은 作 [애수](2016)

말을 걸어요

살짜꿍
까꿍
할머니 나 좀 봐

세 살배기 손자가
자꾸
말을 걸어요

놀자, 놀자
할머니 손잡고
꼬부랑 말소리

청아한 백합으로
피어나는
소리

사르륵 사르륵
그릇에 담아
되돌려 주고픈 목소리.

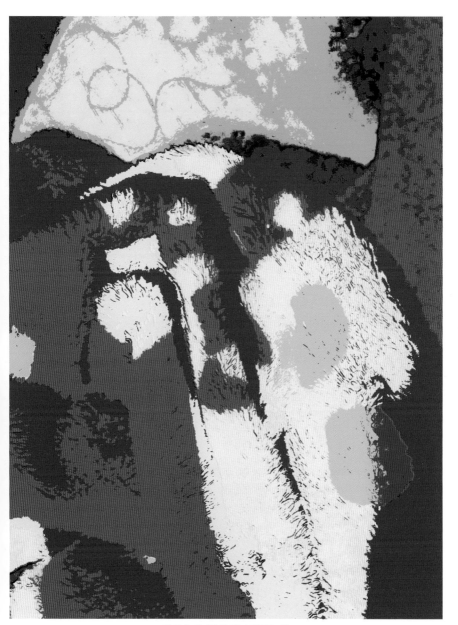

박덕은 作 [말을 걸이요](2010)

달맞이꽃

길목 한 폭의 수채화
소롯이 손짓하고

눈빛은 짜릿한 전율 타고
꽃잔등 그 입술에 어리다가
지금은 애틋이 서 있다

지순한 기다림까지
아픈 길 매만지며
바람결에 실어 보내고

지난 흔적 지우지 못해
새벽 머무는 그 자리에서 말없이
볼 시린 바람들은
자금자금 등 넓은 대지만 흔들고 있고

걸어온 흔적들은
어둠을 떠받들며
다시 불꽃으로 타오르기 위해
묵묵히 걸어가고 있다.

박덕은 作 [달맞이꽃](2016)

제3장 그리움이었나 봐

박덕은 作 [기다림](2016)

가슴앓이

간들간들 남기고 간
잿빛 상처 가슴에 담아

알몸 드러낸 나뭇가지에 걸터앉아
기진맥진 눈물보다 하얀 울음 운다

떨궈 버리지 못한 그리움들
스멀스멀 차올라
피멍 든 하늘 올려다보면

배고픈 잎새들이
여울목을 건너가고

사그랑사그랑 소리 없는 애심은
구절초 위에 살포시 내려앉고

꽃잎 치마폭에 싸인 곰삭은 외로움은
은은히 달빛 그림자 뒤로 숨는다.

■ 그리움 헤아리다

박덕은 作 [가슴앓이](2016)

여백의 수채화

강 건너 여울목엔
낯익은 빗소리 담금질하며

지나온 긴 시간의 발자욱 따라
쏟아붓고 싶은 속 깊은 마음

몸 뒤틀리고 부숴진 채
곤두박질쳐도

달 넘어 꿈의 발걸음 앞에
너를 담으려 점 하나 찍는다

선 흐린 얼굴 투명하게 빛날 때
소롯이 피어나
맑은 유리창이 된 너

꽃실로 친친 동여맨
애틋한 꿈
묵묵히 지키고 있다.

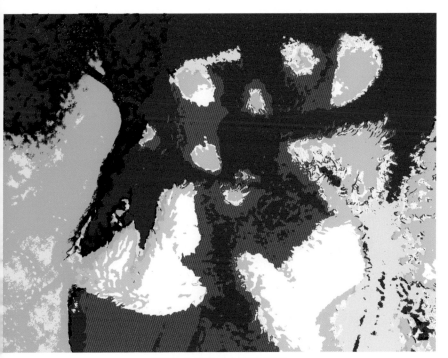

박덕은 作 [여백의 수채화](2016)

그리움이었나 봐

애틋한 마음들이
여기 저기
드러누워 있다

한 잎 두 잎
가냘프게 떨어져
바람의 그물에 부대끼며

휘이 휘이
바람 소리만
돌고 돈다

몸짓에
쓸쓸한 여운
감싸 안으며

서러움도
흩날리는 겨울빛에
목마 태워 마중 간다.

박덕은 作 [그리움이었나 봐](2016)

마음 향기

구절초 꽃잎 위엔 보고픔 쌓여가고
흠모하는 풀꽃내음 바람결에 휘청인다
그리움 머금은 언덕 달빛 아래 오락가락.

박덕은 作 [마음 향기](2016)

가을 단상

낙엽 떨어지는 소리에
가을이 시작되고

낙엽 뒹구는 소리에
그리움이 발돋움합니다

스산한 바람이
불어올 때마다

바스락 바스락 거리의 악사는
오늘도 어깨 내밀어 줍니다

한 줄기 외로움이
가슴 죄어 올지라도.

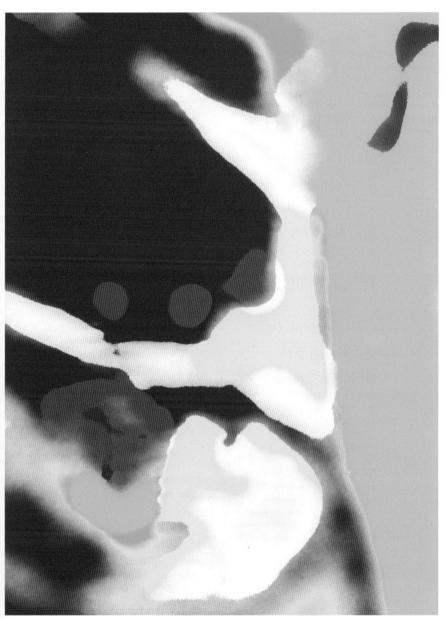

박덕은 作 [가을 단상](2016)

여름낮 가을밤 사이

고추잠자리 꼬리 따라
아련히 떠밀려 오는
추억의 허리 더듬으면

들숨 날숨 바삐 오가며
키재기하던 아이들은
온 데 간 데 없다

야윈 가슴 긁어대던
매미의 울음소리
아직도 귓가에 쟁쟁한데

귀또리의 높은음자리만 걸어둔 채
그리움에서 되돌아온 계절은
누에가 집을 짓듯
내 마음밭에 새집을 짓는다.

■ 그리움 헤아리다

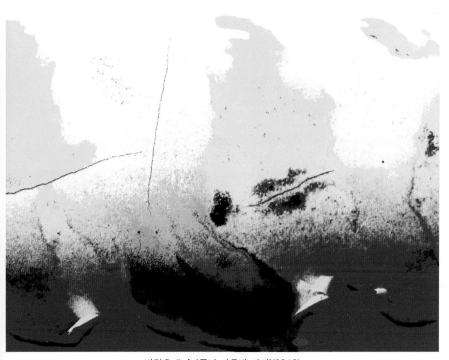

박덕은 作 [여름낮 가을밤 사이](2016)

청춘

밤새
그리움 지폈더니

마음
안팎이

푸르름으로
휘리릭 감긴다.

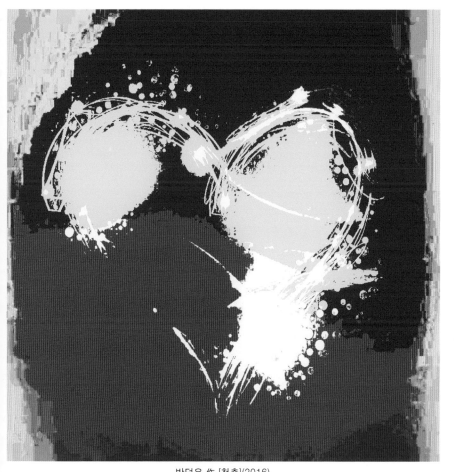

박덕은 作 [청춘](2016)

가을

아프면 아픈 대로
그리우면 그리운 대로
견디는 게 사랑이야.

박덕은 作 [가을](2016)

보슬비

목마름 위에
촉촉이 내린다

살포시 흙내음과
정겨움을 튕기며

갈 곳 잃어
파고드는 향긋함까지

발자국 소리 따라
아련히 밀려간다.

박덕은 作 [보슬비](2016)

유월의 노래

쓸쓸한 저 들풀들이
처음처럼
촉촉이 들어앉으면

아린 가슴 쓰다듬던
고요함은
풀잎 바람처럼
하늘 언저리 스치고 간다

외로움 가득히 휘감아
도랑물처럼 재잘재잘
흘러가며

떠도는 구름 품에
구구절절
사연 담으며.

박덕은 作 [유월의 노래](2016)

님아

잿빛에 가리워진
그리움 한 움큼
치마폭에 담아두고

나루터에 남겨둔 연민까지
휙 뿌리치지 않고
말끔히 가져가겠소

아무도
님 곁에 다가가지
못하도록

그리움과 보고픔이
내 가슴속에
까만 밀알이 되도록.

박덕은 作 [님애](2016)

나팔꽃

치마폭 가득
감싸 안은 물안개

어스름 사이로
빛줄기 스며들면

저벅저벅 달려오실
님 생각에

두근대는 마음
쩌억 벌리네.

박덕은 作 [나팔꽃](2016)

꽃향기

살포시
닫혔던 마음이
열리면

물기 머문
그리움
빨 주 파 남 보

솔솔솔
그대
머문 자리에

오늘도
함박웃음으로
되살아난다.

박덕은 作 [꽃향기](2016)

비

속앓이
풀리는 날

너 나 할 것 없이
반가운 마음 주렁 주렁

기나긴 터널 속
뼛속까지 말끔히 흘러 흘러

작은 꽃 건너뛰지 않고
망울진 눈물만 그렁그렁.

박덕은 作 [비](2016)

갈래길에서

이 길이냐
저 길이냐
길에게 물었다
뒤돌아보지 말고 가란다

하늘거리는
이파리에게 물었다
이마 다독이며 마음속의
길을 걸어가란다

길가에 아롱다롱 유혹하는 꽃들에게 물었다
벌어진 꽃잎 사이에서
향주머니 내밀며
메마르지 말고 향기 따라 가란다

갈 길이 바쁜 바람이
나를 힐끗 쳐다본다
바람 등을 잡고
바람 소리 듣고 싶다고 하자
내 가슴의 두 귀를 잡고

속삭이듯 살랑살랑 말한다

굳이 가야 할 먼 길이 있다면
돌고 돌아 느긋이 가란다.

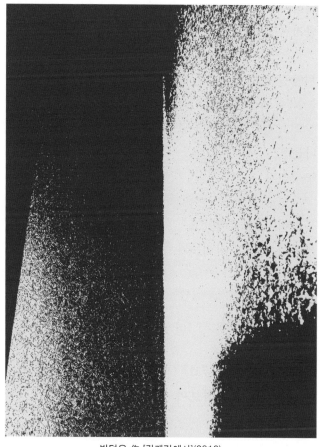

박덕은 作 [갈래길에서](2016)

늦은 귀갓길에

눈 오는 밤길 위
아롱진 여울목에서

빛바라기 휘날리며
발자국 소리 남긴다

뒤안길 돌고 돌아
눈물 속에서 하염없이

나는
누구인가

무엇이 나를 끌어안고
무엇이 떠밀어 버리는가

봄밤에
눈시울 쥐어짠다

쏟아지는 눈물 머금고
까아만 하늘을 바라보며

들릴락 말락
눈송이들이 마음속에 끼어든다

겉돌지 말고
바른길로 돌아서 가라고

꿋꿋이 나아가라고
용기 잃지 말고 살아가라고.

박덕은 作 [늦은 귀갓길에](2016)

날개

가슴에 멍이 들어
숨이 막혀 올 때는
그를 가지고 싶다

솜털 구름 친구 삼아
파아란 하늘을
진종일 날아다니고

그러다
눈물이 마르면
조용히 지상에 내려앉아

지친 그에게
긴긴 입맞춤
바치고 싶다.

박덕은 作 [날개](2016)

한실 문예창작 문우들의 작품집

오늘의 詩選集 Series

오늘의 詩選集 제1권

화장을 지우며
강만순 지음 / 144면

오늘의 詩選集 제2권

또 한 번 스무 살이 되고 싶은 밤
김숙희 지음 / 160면

오늘의 詩選集 제3권

사랑의 빈자리 될까 봐
박완규 지음 / 144면

오늘의 詩選集 제4권

유모차 탄 강아지
김미경 지음 / 112면

오늘의 詩選集 제5권

이 환장할 봄날에
신점식 지음 / 176면

오늘의 詩選集 제6권

작아지고 싶다
주경희 지음 / 176면

오늘의 詩選集 제7권

가을은 어디나 빈자리가 없다
전금희 지음 / 176면

오늘의 詩選集 제8권

쓸쓸함에 대하여
이후남 지음 / 176면

오늘의 詩選集 제9권

바람이 열어 놓은 꽃잎
문재규 지음 / 220면

오늘의 詩選集 제10권

단 한 번 사랑으로도
이호근 지음 / 176면

오늘의 詩選集 제11권

할 말은 가득해도
최승벽 지음 / 176면

오늘의 詩選集 제12권

비밀 일기
박봉은 지음 / 176면

오늘의 詩選集 제13권

꽃만 봐도 서러운 그날
한실 문예창작 동인지 제8집

오늘의 詩選集 제14권

마냥 좋기만 한 그대
최기숙 지음 / 176면

오늘의 詩選集 제15권

풀꽃향 당신
김영순 지음 / 176면

오늘의 詩選集 제16권

유리인형
박봉은 지음 / 176면

오늘의 詩選集 제17권

보고픔이 자라고 자라서
한실 문예창작 동인지 제9집

오늘의 詩選集 제18권

첫사랑
김부배 지음 / 176면

오늘의 詩選集 제19권

나는 매일 밤 바람과 함께 사라진다
박덕은 지음 / 240면

오늘의 詩選集 제20권

오늘도 걷는다
유양업 지음 / 176면

오늘의 詩選集 제21권

내 사람 될 때까지
전춘순 지음 / 176면

오늘의 詩選集 제22권

처음 사랑
한실 문예창작 동인지 제10집

오늘의 詩選集 제23권

당신에게 · 둘
박봉은 지음 / 176면

오늘의 詩選集 제24권

그 누가 다녀간 것일까
전금희 지음 / 206면

오늘의 詩選集 제25권

한 잔 술에 가둘 수 없어
이후남 지음 / 164면

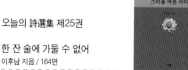

오늘의 詩選集 제26권

그리움 머문 자리
이인환 지음 / 176면

오늘의 詩選集 제27권

사랑의 콩깍지
김부배 지음 / 176면

오늘의 詩選集 제28권

사랑은 시가 되어
최길숙 지음 / 176면

오늘의 詩選集 제29권

그리움이라서
이수진 지음 / 176면

오늘의 詩選集 제30권

그리움 헤아리다
배종숙 지음 / 176면

개별 작품집

고목나무에 꽃이 핀 사연
김영순 시집

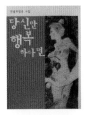

당신만 행복하다면
박봉은 제1시집

시가 영화를 만나다
장헌권 시집

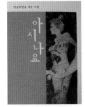

아시나요
박봉은 제2시집

하얀 속울음까지 들켜 버렸잖아
김성순 시집

당신에게.하나
박봉은 제3시집

세월이 품은 그리움
김순정 시집

사색은 강물 따라
권자현 시집

입술이 탄다
형광석 시집

내가 머무는 곳
신순복 시집

늘 곁에 있는 다른 나처럼
정연숙 시집

당신
박덕은 시집

한실 문예창작 동인지

한실 문예창작 동인지 제1집
『한꿈』

한실 문예창작 동인지 제2집
『한꿈』

한실 문예창작 동인지 제3집
『당신의 쓸쓸함은 안녕하십니까』

한실 문예창작 동인지 제4집
『목련은 흔들리고 있다』

한실 문예창작 동인지 제5집
『그래도 한쪽 가슴은 행복합니다』

한실 문예창작 동인지 제6집
『좋은 걸 어떡해』

한실 문예창작 동인지 제7집
『아직도 사랑인가 봐』

한실 문예창작 동인지 제8집
『꽃만 봐도 서러운 그날』

한실 문예창작 동인지 제9집
『보고픔이 자라고 자라서』

한실 문예창작 동인지 제10집
『처음 사랑』